문학과지성 시인선 593

멸망한 세계에서
살아남는 법

변혜지 시집

문학과지성사

문학과지성 시인선 593

멸망한 세계에서 살아남는 법

초판 1쇄 발행 2023년 11월 3일
초판 2쇄 발행 2024년 1월 26일

지은이 변혜지
펴낸이 이광호
주간 이근혜
편집 허단 김필균 이주이 방원경 윤소진 유하은
마케팅 이가은 최지애 허황 남미리 맹정현
제작 강병석
펴낸곳 ㈜**문학과지성사**
등록번호 제1993-000098호
주소 04034 서울 마포구 잔다리로7길 18(서교동 377-20)
전화 02)338-7224
팩스 02)323-4180(편집) 02)338-7221(영업)
대표메일 moonji@moonji.com
저작권 문의 copyright@moonji.com
홈페이지 www.moonji.com

ⓒ 변혜지, 2023. Printed in Seoul, Korea

ISBN 978-89-320-4225-1 03810

문학과지성 시인선 593

멸망한 세계에서 살아남는 법

변혜지

시인의 말

"문을 열면 지금까지와는 전혀 다른 세계가
너를 기다릴 거야."
목소리를 따라 나는 안내되었다.

아름다운 찻잔을 건넬 준비를 한 채
문 너머의 내가 기다릴 텐데.

결심하는 동안 평생이 지나갔다.

2023년 11월
변혜지

멸망한 세계에서 살아남는 법

차례

시인의 말

해설

내가 태어나는 꿈

가족들은 내가 태어나기를 기다리고 있다. 갑자기 박두한 세계를 맞닥뜨리고 내가 큰 소리로 울음을 터뜨리기를. 떨리는 손으로 나를 받아든 부모의 손길에 울음이 천천히 잦아들기를.

갓 태어난 나는 모두의 간절한 바람을 이루어주었다. 감격한 부모가 만들어내는 눈물과

포대기에 싸여 금세 잠든 어린 나의 위에 켜켜이 쌓이고 있는 수많은 소원의 형상과

수많은 축복의 선언들

나를 안고 병원을 나올 때, 나는 잠든 부모의 이마에 입을 맞춘다. 내내 평안하기를. 진심으로 행복하기를.

나는 품에 안아도 울음을 그치지 않고, 배불리 먹고도 웃지 않는다. 기저귀를 더럽히고도 울지 않고, 짓무른 엉덩이 때문에 잠들지 못한다. 나는 아직 원망하는 방법을

배우지 못하고

　끈으로 묶어 나의 손목에 걸어둔
　나의 이름은 달아나려는 개처럼 자꾸만 몸을 뒤튼다.

　나는 가끔 움켜쥔 것들을 화들짝 떨어뜨린다. 이토록
사소하고 아름다운 물건들로
　손쉽게 나를 해칠 수 있다는 것이 놀라워서 떨리는 나
의 손을 내려다본다. 그래도

　나는 나를 유아차에 태우고 밖으로 나간다. 내가 보았
던 그 모든 것들을 나에게 보여주려고. 차양을 내린 유아
차 안쪽으로 부채질을 해주다 보면

　가끔 서로를 깨뜨리면서 나는 내가 될 것이다. 그리고
마지막으로 하나의 말을 남기게 된다.

　병원으로 가. 가서 나를 데려와.

플라스틱 아일랜드

친구들이 놀이를 시작합니다.

소년을 둘러싼 친구들이 손을 잡고 노래를 부르며 소년의 주위를 돌 때면 어지러웠고

가끔 균형잡기에 실패한 친구의 발에 걷어차여도 소년은 울지 않았습니다.

"너도 금방 아빠만큼 키가 크겠지."
집에 돌아온 부모가 소년을 품에 안으며 속삭였을 때

그러나 소년은
태어나서 가장 큰 울음을 터뜨렸습니다.

이것은 장난감 인형들에게 이지메 당했던 우리 오빠의 이야기입니다.

불시착

우리가 인중에 흰 얼룩을 묻히고 다니던 아이였을 때 마을로 들어서는 길목은 우리 것이었다. 줄에 묶은 통나무를 질질 끌고 다니는 것처럼, 우리는 주어진 모든 시간을 그 길목에 묶어두었다.

백까지 세야 돼.

오래된 장승을 중심으로 아이들이 달려나가면, 술래는 시위에 메겨진 화살 같았다. 어떤 날에는 다른 곳으로 튕겨 나가기도 했다.

과실수들이 붉은 열매를 아낌없이 내어주고, 초원의 풀들이 마련해준 잠자리에 누우면 밤하늘에는 반짝이는 별들이 가득했다.

다 함께 장승 놀이를 하자. 부리부리한 눈으로 서로를 바라보면서, 우리를 지키자. 잠시도 서로를 떠나지 말자. 코를 훌쩍거리며 나는 모두에게 엄숙하게 제안했고

그곳에서 술래를 놓고 떠난 아이가 돌아올 때까지 오래오래 행복하게 지내기도 했다. 그래도

백까지 세야 돼. 그렇게 말하고 도망치던 그 모든 아이들을 나는 사랑했다.

대과거

아직 기다려야 한다고 했다.

오늘의 치료를 마지막으로 모든 것이 좋아질 예정이었다. 그는 어떤 것도 장담할 수는 없다고 말했다. 나는 바늘을 꽂은 채 창밖을 바라보았다.

나무 밑에 앉은 사람들이 집에서 만든 음식을 나누어 먹고 있었다. 아름다운 나무를 보기 위해 종종 소풍을 오곤 한다고 했다.

겨울에는 이런 일이 있었어요.

오른쪽 가장자리가 녹슨 우편함과 반짝이는 녹물에 대해서, 결코 우편물을 찾아가지 않는 이웃과 이웃의 우편함에 꽂힌 초대장을 꺼내 든 일.

우리가 가장 빛나는 순간에 사랑하는 당신을 초대합니다.

그렇게 적힌 초대장에 나의 이름이 있었던 일에 대해. 그런 곳에 가서는 안 된다고 중얼거렸던 것에 대해.

왜 이런 이야기가 하고 싶은지 모르겠어요.

그는 골똘한 얼굴로 바늘이 꽂힌 나의 팔을 내려다본다. 그는 나의 건강에 관심이 많고, 내가 행복하기를 바란다.

그런데
그 이야기에서 겨울이 중요한가요?

창문 밖에서, 사람들은 음식을 모두 나누어 먹고 다 쓴 연탄처럼 누워 있었다.

끝이야. 모두 끝났어.

그런 말은
하고 싶어도 해서는 안 되는 말이었다.

레고 피플

붉은색 레고로 도시를 만든다.

이 도시의 시민들은 손바닥으로
서로의 선의를 주고받는다.

손을 마주 잡은
사람들로 도시의 경계선을 만들어두었다.

그 속에서 내가 잠드는 꿈을 꾸었다.

밧줄로 사지를 묶어두고
사람들이 나를 돌본다.

사다리를 타고 올라온 아이들이
입속에 빵을 넣어주다가 미끄러진다.

나는 삼백 인분의 요리를 해치우고,
사지가 묶인 채 잠이 든다.

당신이 자는 동안 당신을 지킬게요.

둥글게 둥글게, 도시를 감싸고
사람들이 나를 지킨다.

그러나 잠들어 있는 동안 도끼를 든 네가
찾아와 도시를 모두 부숴놓았고,

푸른 도시로 가자고
손을 내밀며 네가 말해서
다시 나는 눈을 감았다.

너를 깨우기 위해서
너를 아주 세게 때려야 했어.

눈을 뜨다가 그런 말을 들은 것 같다.

꿈이 긴 팔을 뻗어

중턱에서 만나자.

그렇게 말하고
길을 떠난 사람들이 많았다.

검은 나무와 검은 풀들이
아름다운 들판이었고

아직도 얼굴을 잃지 않고
나 혼자만 가지고 있다는 것이 부끄러웠다.

모두가 함께할 수 있는 놀이를 하자.
모든 것을 주고받으며 오늘을 기억하자.

그래서
나는 뛰기 시작했다.

부끄러워하는 나의 얼굴을
사랑하는 사람들이 둥글게 앉아

다정하게 주고받았다.

등 뒤에 놓인 나의 얼굴을
두 팔로 감싸 안고

언제까지나
끝나지 않을 것처럼 달려주었다. 그러나

꿈이 긴 팔을 뻗어
나에게 얼굴을 돌려주었고

나를 사랑했던 사람들과
정중하게 악수를 나눈다.

중턱에서 만나자.

그렇게 말하고
아무도 길을 떠나지 않았다.

내가 되는 꿈

왜냐하면

연달아 꾸어야만 하는 꿈인데
엄마가 학교 가라고 나를 깨웠으니까.

나와 깍지를 낀 것이 있었는데 깨어나는 순간 어깻죽지 하나가 찢어지고도 나는 멀쩡하였다. 저게 나야?

TV 앞에서 발바닥을 들여다보며 내가 묻는다. 어제까지만 해도 나는 평발이 아니었는데.

부엌장 위에 놓여 있던 먼지 쌓인 그라목손이 사라졌을 때 나는 분명 최소화 버튼이 눌렸던 것이다. 아니 분명 최대화되어서 넘비곰비 곰비넘비 천방지방 지방천방…… 이게 나야?

나는 양치 컵 속에 넘쳐흐르는 지렁이들을 모아 온다. 일회용 젓가락을 손에 쥐고 엄마는 입이 축축하였다. 씹지도 않고, 저걸 씹지도 않고, 병아리들이 삼키는 동안

목욕 대야가 가득 차도록 개구리 알들을 퍼다 나른다. 하천으로 가는 동안 엄마는 양동이를 두 번 쏟는다. 태어나지 않았을까? 그날은 비가 내렸으니까.

왜냐하면
엄마가 나를 깨웠기 때문이다.

그렇게 말하면 팬티만 입은 채 쫓겨날 테니까. 리본 달린 팬티는 사 오지 말라고 했는데. 아랫집 여자애가 문을 반쯤 열고 웃을 테니까. 아랫집 아줌마가 과일 먹으라고 부를 테니까. 들어가고 싶은데. 괜찮아요오. 말해야 하니까.

유리병에 개미를 모은다. 길에서 고양이를 줍는다. 쥐며느리를 동글동글 말아 식탁 위에 올려놓는다. 깨진 채 집통 속의 잠자리들이 일제히 디른 방향으로 날아올라서 나는 산산이 찢어지고도 멀쩡하였다. 이것도 아니야?

그럼 내 손을 잡고 있던 나의 쌍둥이는 도대체 어디로 갔는가?

쌍둥이

푸른 공중전화 박스가 비에 젖고 있는 여름입니다. 아무도 모릅니다. 얼마나 오랫동안 빗속을 견뎌왔는지. 내가 아닌 사람들도 저것을 보고 있는지. 아무도 모릅니다.

나는 아무도 살지 않는 방으로,

여전히 지킬 것은 남아 있습니다. 사람은 쉽게 변한다고 말했던 어떤 날을 지나왔고, 사람이란 것은 쉽게 변하지 않는다고 다른 날에 말합니다. 마치 나는 사람이 아니기라도 한 것처럼.

정말 하나의 방이라도 된 것처럼.

비를 맞습니다. 더 비틀 것이 없는데도 여전히 물이 떨어지는 가제 수건처럼 여름이라는 말을 다룹니다. 지겨워질 때까지. 지겹다는 말조차 지겨워질 때까지.

앞을 향하고 탈것에 앉아 있으면 통과하고 있다는 느낌이 들지 않아.

나의 왼쪽으로 향하는 전동차에 앉아 그런 이야기를 해주었어요.

말을 하지 않아도 들을 수 있을 것 같았고,

장롱 깊숙한 곳에서 쿰쿰한 냄새로 앉은 겨울 이불의 마음으로, 반듯하고 공손한 말을 하고 또 합니다.

미안해. 미안해. 미안해. 그런 말은 들을 수 없을 것 같았어.

푸른 공중전화 박스에 밧줄이 매달려 있는 환시가 오랫동안 지속됩니다.

아무도 모릅니다. 내가 없을 때 당신이 떠난 방과 내가 없을 때 당신이 몰래 머문 방의 차이를.

누구나 그것을 볼 수 있어요.

희박하게 끓어오르는 물

눈이 녹기 전에 눈사람을 만들자.

마지막 겨울이었다. 우리는 강당 밖으로 빠져나왔다. 빛이 환하고 날카로워서 잠시 멈추었으나

너는 빨개진 손으로 몸통을 만든다. 우리는 머리를 함께 만든다. 눈과 코와 입을 갖게 한다. 팔은 잊어버렸다.

어차피 다리도 없잖아.

강당 안에는 사람이 많다. 의식이 계속되고 있다. 웃음소리와 울음소리가 뒤섞여 어지럽다.

만들 때는 재밌었는데. 그렇지? 너는 따뜻한 음식이 먹고 싶다고 덧붙인다. 뭐든 재빨리 해내는 네가

늘 좋았는데.

너는 원을 그리며 움직인다. 나는 모자를 쓰고 목도리

를 두른 눈사람과 너를 번갈아 보았는데,

번번이 뒷모습이고 빨라지고 있다. 나의 앞으로 네가
쏟아져서

나는 선 채로 떨어지고 있는 것 같다.

문이 열리고 누가 나오면 어떻게 하지? 차례가 돌아왔
다고, 나를 찾으면. 강당 안의 모든 사람이 나를 볼 텐데.
그것은 내가 오랫동안 바라던 일이다. 그런데도

마지막 겨울이 끝날 때까지 눈사람 앞을 떠나지 못했다.

전부 녹았어.

주위를 둘러보았으나 아무도 없었다.
발자국 하나 찍히지 않은 눈밭이 희고 아름다웠다.

이제 기다리면 돼. 내가 중얼거리자

믿을 수 없이 빠른 속도로 마지막이 도착하였고,

팔을 뻗으면 닿을 수 있을 것 같았는데

팩맨

아주 먼 옛날의 일입니다.

그는 분주한 신을 대신하여 말씀을 전하라는 신탁을 받고 길을 떠납니다. 집을 나서는 그의 발걸음은 자유로운 새와 같고

신이 언제라도 손을 뻗어 그를 쥘 수 있도록
아름다운 둥지를 원합니다.

그의 봇짐을 짊어지려고, 나귀 한 마리가 그의 순례를 기꺼이 뒤따릅니다. 그가 언제까지나 걸을 수 있도록 바람이 뒤따릅니다. 그를 추월하지 않으려고 주춤거리던 어둠이 엎질러질 때까지.

아주 먼 옛날의 일입니다.

그는 작은 사람들의 마을에 도착합니다. 신의 말씀을 전하려다가 몇 사람을 밟고 맙니다. 놀란 나귀가 잠시 날뜁니다. 손가락 사이의 잠자리처럼.

사람들이 달아납니다, 날개가 찢기는 것도 모르고. 작은 사람들은 영영 작은 사람들이 됩니다. 그는 상심한 채로 길을 떠납니다.

그러나 아주 먼 옛날의 일입니다.

그는 커다란 입을 가진 사람들의 마을에 도착합니다. 음식을 넣고, 웃느라 사람들은 분주해 보여요. 그는 말씀을 전하기 위해 사람들에게 눈을 그려줍니다. 둥근 두 개의 귀를 달아줍니다. 서로의 얼굴을 처음 본 사람들이 비명을 지릅니다. 눈을 감은 채 귀를 막고 울기 시작합니다. 그는 크게 상심한 채 길을 떠납니다.

순례가 계속되는 동안 그는 허리가 굽습니다. 머리색이 희어집니다. 그러나 마지막 인사를 건넨 나귀가 풀썩 쓰러지고 바람과 어둠과 모든 나무들이 그를 잊어도 그는 걷고 또 걸었습니다.

아주 먼 옛날의 일입니다.

온통 새하얀 벌판에 도착했을 때 그는 드디어 멈추었습니다. 주위를 둘러보아도 아무도 없었기에 그는 비로소 신전을 짓기 시작했습니다. 눈으로 만든 신전이었습니다.

아주 먼 옛날의 일입니다.

신전이 마침내 완성됐을 때 그는 너무 늙어버려서, 눈이 보이지 않게 됩니다. 귀도 들리지 않게 됩니다. 그러나 그에게는 아직 평생을 간직해온 목소리가 있었습니다. 그는 신전에 들어가 말씀을 전하기 시작했습니다.

무릎을 꿇은 신이
그의 경건한 말씀을 듣고, 또 들어도
그의 말씀은 결코 끝나지 않았습니다.

누군가 또다시 손가락을 움직이고 있다

이번에도 완벽한 엔딩에 실패했다고
신은 실망스러운 얼굴로 중얼거린다.

먹고 싶지는 않은데. 그냥 맛만 보려고. 네가 오래 씹
다가 휴지에 뱉은 음식물처럼, 곤죽이 되어 나는 다시 태
어났다.

나의 멀쩡한 기저귀를 살펴보려는 부모가 아주 많았
다. 낡은 원목 서랍 속에 무엇이 들었는지 알고 있는데.
손잡이를 쥘 수 없었다. 외우렴.

두 손 가득 답안지를 떠안기고
신은 엄격한 얼굴을 한다.

썩어가는 음식물이 검은 비닐을 선물처럼 부풀린다.
얼마든지 양보할 수도 있겠다. 나의 바람에는 구더기들
이 들끓는다.

전생에 손에 쥐었던 낙엽이 뺨을 스쳐서, 나는 자꾸만

얼굴을 긁는다. 이 어둑한 산책로의 농담을 가늠할 수가 없다. 얼마나 오래 씹었으면…… 왜 이번에는 나를 사랑하지 않아? 반복 상영되는 영화를 보는 사람처럼

다른 곳을 바라보며
너는 금세 녹는 사탕 한 알을 입에 넣는다.

시스템을 초기화하시겠습니까?

그거 그대로 내버려둬

　멸망이 낡은 담요 위에 웅크린 채 누워 있다. 나는 그 애를 두어 번 쓰다듬는다. 창문 밖에선 고함과 비명이 번갈아 들려왔어. 세계를 구하고 싶은 사람들이 속출하는데, 이상하지. 어제보다 어둡기만 해. 내가 손을 뻗을 때, 두 손으로 무릎을 감싸고 앉은 네가 말했다. 그거 그대로 내버려둬. 구태여 머물 필요가 없는 세계도 있다는 것을 네가 깨닫기 전에, 눈을 감겨주어야 하는데. 손을 뻗어도 닿지 않았다.

개명

우리의 재회를 기념하기 위한 여행이었다.

1인용 침대가 나란히 놓인 바닷가 호텔에 누워 너는 꿈 이야기를 했다.

상냥한 미소를 짓고 있는 문밖의 사람들과 문이 없는 집에 대하여. 돌아가면서 집을 지키기로 했던 우리들의 약속에 대하여.

몸을 빼앗은 귀신을 몰아내기 위해서는 귀신의 진명 眞名을 세 번 불러야 한다는 소설을 읽은 적이 있어.

개명한 친구는 내가 옛 이름을 부를 때마다 나를 물끄러미 바라보았다. 그게 너의 진심이야? 그렇게 물었지. 나는 아니라고 대답했지만

거짓말을 하고 있다는 생각을 지울 수 없었다.

우리는 룸서비스를 시켜 점심을 먹고,

바지도 입지 않은 채 책을 읽는다. 작년보다 물가가 올랐으나 누군가 누군가를 다치게 했다는 소식으로부터

안전한 여행이었다.

그런데도

혜지야.
다정한 목소리로 네가 내 이름을 부를 때마다 왜 두려운 마음이 드는 것인지

작은 지혜로는 도무지 알 수가 없었다.

메리고라운드

희재의 꿈을 대신 꾸었다.

희재는 신문지를 넓게 펼친 거실에 앉아 있다. 다정한 가족들이 희재를 위해 둘러앉았다. 참빗으로 희재의 머리를 빗을 때마다 신문지 위로 검은 씨앗들이 떨어졌다. 손톱으로 으깨면 과즙이 흘러나왔다.

자주 가렵고 이따금 따가운 것이 그 애를 향해 번지는 마음이라고, 피가 스며든 손톱 사이를 매만지며 희재는 생각한 적 있다. 이런 게 마음이라고……

쳇바퀴를 끝없이 구르는 다람쥐를 마음 졸이며 바라보듯이, 타오르면 안 돼, 타오르면 안 돼…… 두 손을 붙잡고 중얼거린 적 있다.

바람이 불 때마다 희재에게서 파마약 냄새가 물씬 풍겼다. 짧고 구불거리는 머리카락을 바라보다가

나는 아무도 살지 않는 희재의 집을 번번이 무너뜨렸다.

종종 용서하지 못한 사람의 꿈을 대신 꾸었다.

나를 용서한 사람의 꿈을 대신 꾼 날은 몸이 아팠다.

예쁜꼬마선충

내가 다시는 오지 말라고 했잖아.

그렇게 말했는데도. 꿈틀거리며 네가 다시 도래하였다. 여기가 지옥이랑 좀 닮았어. 그렇게 웃지 말라고 했는데, 사방에 만연한 나를 둘러보면서 도래한 너는 웃음을 멈출 수 없고

생애 첫 심부름을 떠나던 꼬마 하나가
어리둥절한 얼굴로 창문을 올려다보고 있다.

도착하기만 하면 되는데, 손에 닿는 것들을 닥치는 대로 집어 들고, 주머니 속의 지폐를 건네면

전부 네 것이 될 텐데.

주머니 속에 손을 넣으면 자꾸 손이 사라졌다. 배낭을 메고 나간 내가 어깨를 잃고 돌아와서 우리는 웃음을 멈출 수 없고

복도에는 우리를 지키고자 하는 사람들이 머물렀다. 우리를 지키는 사람으로부터 우리 자신을 지켜야 하는데. 또 하나의 내가 문을 나서고 있다.

다시는 돌아오지 마.

그렇게 말했는데도 문을 열고 걸어 들어오는 사람의 얼굴이 보였다.

또 너구나.

우리는 김이 피어오르는 뜨거운 두부를 함께 먹는다. 이번에는 절대로 실패하지 말자. 둥글게 둥글게 모여 앉아 다음을 기약하는

이따위 꿈은 꾸지 않는 것만 못해. 그러나 사랑하지 않기를 선택할 수가 없었다.

멸망한 세계에서 살아남는 법

손꼽아 기도하던 날이 도래하였고, 그리하여 모든 이들이 엽총과 포도 한 송이를 손에 쥐고 세계를 떠났다. 그것은 풍요를 바라는 의식으로, 이제 와인은 틀렸군. 창밖을 보다가 내가 이런 생각을 하는 바람에 이번 시도 실패할 것이다. 세계에 홀로 남겨진 사람이 울거나 결심하지 않았으니까. 그러나 나의 칩거에는 사람들의 눈을 잡아둘 여지가 없다. 떠나지 않으려던 게 아닌데. 하필 잠이 많아서. 하릴없이 나 홀로 이렇게 창문 바깥을 바라보며 서 있는 것인데. 하늘에서는 흰 것과 검은 것이 쏟아져 이 세계의 모든 것들을 무無로 되돌리고 있었다. 충분히 절망해야 하는데. 무릎을 꿇고 주먹을 쥐어야 하는데. 창문 밖에서 쏟아지는 것이 눈인지, 비인지 모르겠다는 생각이 들자, 나는 불안하게 방 안을 서성이기 시작하였으며, 그것을 알기 전에는 도무지 눈물 같은 것은 쏟을 수 없다는 데까지 생각이 미치자 비로소 울고 싶은 것이다. 그러는 동안에도 읽는 사람들이 있다. 울기 시작한다면 나는 바빠질 것이다. 바빠서 가슴을 두드리며 실패한 이야기를 읽는 자들에 대해 더 이상 생각할 수 없을 것이다. 거울을 보아야 하고, 최대한 아름다운 표정을 지어야 한다. 뺨에 흐른 눈물을 최대한 맛본 뒤에, 눈물의 맛을 적어야 한다. 그러는 동안 눈물을 닦아주려는 자가 뒤에 있을 것이다. 그러는 동안 눈물 흘리는 이유를 경멸하는 자가 뒤에 있을 것이다. 별다른 이유가 없는 눈물을 옹호하려는 자 또한 있을 것이다. 눈물 흘리는 것을 아름답다고 여기는 자가 있을 것이다. 멸망한 세계에 너무 많은 자들이 남아 있어서 세계는 반쯤 질려버릴 것이다. 그러는 동안 그리고 또 그러는 동안…… 나는 눈으로 길러낸 것들을 다시 눈 속으로 넣겠다. 창밖에 쏟아지는 것이 여전하고, 나는 그것이 눈인지 비인지 여전히 모른다. 아직까지 페이지를 덮지 않은 사람이 남아 있다면, 그건 아무것도 아니라고. 대답해주는 사람이 또한 있을 것이다. 그 말을 들은 나는 깨닫게 되는 사실이 있고, 그것은 이야기가 끝나버려서 더 이상 적지 못한다.

절대 멸망하지 않는 세계에서 살아남는 법

　이 시는 눈동자에 남반구 식물을 심게 된 경위를 다루고 있다. 나는 내가 깨달은 것을 기록하기 위해 앉아 있었다. 그러나 해가 떠오르자 사람들은 큐 사인을 받은 배우처럼 쏟아져 나오는 것이다. 그것은 창문 밖에서 일어난 일이었다. 수고하셨습니다. 사람들의 어깨를 두드리며 흰 봉투를 쥐여주고 싶은 나를 도로 한 켠에 넣어두었다. 모든 게 끝나버렸어. 그렇게 말하면 날이 밝는다. 가자. 전부 버리고 떠나버리자. 침통하게 말하던 사람이 직장에서 돌아와 배달 음식을 고르고 있다. 무엇보다 소중한 것을 손바닥에 쥐고 있어. 절대로 끝나지 않을 사랑을 가지고 있어. 그런 말을 해서는 안 된다. 그러나 생각이 시작되자, 사랑하는 사람과 함께 한 켠의 내가 끝나지 않을 여행을 떠난다. 손바닥 속의 유리구슬을 창문 밖으로 던지고 한 켠의 내가 짓궂은 웃음을 짓고 있다. 걔네는 생각이 끝나도 돌아오지 않는다. 나의 몽상은 수요와 공급이 맞지 않는다. 주문에 휘말려서는 안 된다. 또 한 사람의 내가 이 방의 모든 것을 리어카에 쓸어 담는다. 뭐라도 팔아보려고. 아무리 많이 팔아도 내가 너덜너덜해지지 않는 것이 부끄러웠다. 풍요는 불행이 지닌 특성이었다. 여기까지 쓰고. 한 켠의 내가 팔짱을 낀 채 이다음에 팔 수 있는 문장을 생각하고 있다. 그러나 이 시는 남반구 식물을 눈동자에 심게 된 경위를 다루고 있으므로. 어떠한 마음가짐과 결심이 나를 이끌었는지 사람들은 물을 것이다. 그게 예의 바른 행동이니까. 그러면 한 켠의 내가 성급히 대답할 것이다. 분재는 성공적으로 끝났습니다. 눈동자 속의 나무를 가꾸는 일이 어렵지는 않아요. 눈을 감고 지켜보기만 하면 되니까요. 이 고요한 파수把守의 행위는 사랑이 아니지만 사랑 같았다. 이것은 창문 안쪽에서 일어난 일이었다.

브릭하우스

차 안에 열쇠를 놓고 문을 잠가서 다른 사람의 차를 타고 돌아왔습니다. 방금 차를 가지고 있던 사람은 차 없는 사람이 되어 엎드려 있습니다.

거리에는 멀쩡한 유리와 까맣고 동그란 머리들이 가득해요. 그러나 흐르는 피와 난무하는 비명은 없을 거예요.

이곳은 조용한 세계이므로.

텔레비전을 켜자 커다란 얼굴의 사람들이 입을 엽니다. 옷을 갈아입고 음식을 데웁니다. 휴대전화로 작은 사람들을 바라봅니다. 커다란 사람들과 아주 작은 사람들과 함께 식사를 합니다.

혼돈과 고통과 비탄의 전문 배우로서
작은 사람은 누구보다 빠른 눈물 연기로 나의 마음에 들어왔어요. 그는 기자회견에서 은퇴를 선언 중인데,

심장과 눈동자 사이에 도로가 있다고 생각하세요. 시

속 30킬로미터…… 50킬로미터…… 처음에는 속도를 올려보는 겁니다. 그러나 능숙해지면 중요한 것은 속도가 아닙니다. 도로를 잘라 내는 거예요. 짧게, 더 짧게!

그러나 그는 더 이상 울 수 없어요. 도로가 전부 잘려나갔으니까요.

엄청나게 쏟아지고 있어.

설산에 고립된 큰 사람의 눈동자가 클로즈업됩니다. 지나치게 크고 맑아서, 유리가 박힌 까맣고 동그란 머리통 같아요. 그러나 눈동자 속의 세계가 무구하고 아름다운 건 눈동자의 주인과는 무관한 일이지요.

오늘은 버려진 길을 많이 주워 왔습니다.

날이 저물면
차 없는 사람이 벌떡 일어나 걷기 시작할 거예요.

차 없는 사람과 차를 가진 사람 사이의 길을 길게, 더
길게 늘일 수 있는 건

모두 당신들 덕분이에요.

여름에 꾼 꿈

그 애는 아직 버림받지 않은 어린 고양이 곁에 잠들어
있었다. 뒷마당의 버림받은 매트리스에서 낮잠을 잤다.
누구도 그 애가 어느 집 아이인지 알지 못했다.

목덜미에서
반짝이는 땀방울의 맛을 보아도
그 애는 깨지 않았다.

종종 그 애의 잠을 보고 들었다.
이런 일이 있었어.

아주
먼
곳으로
가는 여행이었다.

부모는 휴게소에 있는 작은 기념품 가게 앞에 그 애를
세워두었다. 우리의 마음에 드는 선물이라면 무엇이든
사 주마. 부모의 말은 조금 이상했지만

나는 무엇이든 사야 한다고 생각했지.

먼
곳으로 여행을 떠나는 것은
쉬운 일이 아니니까.

기념품 가게의 주인은 친절했어. 작은 바위 같은 물건
을 내게 보여주었지. 어떤 나라에서는 사랑하는 사람에
게 이런 것을 선물한단다. 고개를 기울이는 그 애의 모
습을

나는 볼 수 있다. 이것은 전혀 아름답지 않은데요. 의
구심으로 가득 찬 목소리를 들을 수 있다. 의식, 그것은
의식을 위해서야. 그렇게 말하는 주인의
얼굴이
아득
해
서

생각하고, 다시 생각했지만, 부모의 마음에 드는 선물을 고르고 또 골라도 부모는 오지 않았어. 그 애의 꿈을 바라보며 나는 울었다. 그 애는 깨지 않았고,

꿈이 계속되었다.

그리고
이건 모두 거짓말이야.

깜짝 놀랐지! 아주 커다란 상자를 들고 돌아온 부모가 내게 외쳤고, 그 애의 웃는 모습을 볼 수 있었다. 어린 날의 여행은 끝났고,

나는 무사히 돌아왔어.

그 애는 주머니 속에
작은 바위 같은 물건을 가지고 있고
그 누구에게도 주지 않는다.

그 애는 꿈속에서도 뒤척였다. 그 바람에, 마음이 부서지면서 끔찍하고 시끄러운 소리가 났고, 그것은 마치 음악 같았다. 이렇게 시끄러운데, 그 애는 코를 작게 골며 잠들어 있다.

야옹. 그 애를 위해서 나는 울었다. 먼 곳에서 누군가 나를 부르고 있었다. 낮게 또 낮게

공작새 마음

　겨울과 어울리는 타투 하고 싶어 타투이스트 만났지. 내 얼굴을 곰곰이 보더니 그는 진단 내렸어. 날갯죽지로 부터 팔까지 이어지는 공작새 날개를 그려줄게요.

　그건 더운 나라에 사는 새이고, 나는 겨울과 어울리는 마음이 갖고 싶은데. 타투이스트는 단호하게 고개를 젓는다. 당신은 더 행복해질 필요가 있군요.

　벌 수 없는 걸 주겠다는데 별수가 있나. 얇고 매혹적인 한 자루의 바늘, 그런 건 없고 타투이스트는 머신건 들고 다가왔어.

　무서워하지 말라고 그는 말했지만, 그것은 오래전에 잃어버렸고. 주머니를 벗어난 것들은 한 번도 다시 돌아온 적이 없는데. 잃어버릴 수 없는 날개를 갖게 되었네.

　내게 더 많은 행복을 주기 위해서 그는 나로부터 잠시도 눈을 떼지 않았어.

치과에 온 아이의 눈빛으로, 둘 데 없는 시선을 종이컵의 물속으로 가라앉히는 심정으로. 내 피부를 수놓는 소리에 눈을 담그고.

두 팔을 펼쳐보세요. 밝은 조명 앞에 나를 세운 채, 그는 열심히 카메라를 들이대지만. 내게는 보여주지 않는다.

돌아오는 길에는 눈이 내렸어. 겨울 같은 건 나와 어울리지 않아서 두 팔을 위아래로 움직이면서 나는 걷는다.

나를 부풀리면, 슬픔도 함께 커질 테지만. 두 팔을 벌리고 잠을 청한다. 한쪽 날개가 찢어졌어도, 여전히 날 수 있을 거라고 믿는 새처럼.

공중이 내게 박두할 거라는 한 조각 믿음을 쥐고.

원테이블 키친

희재를 사랑하는 마음을 담아
처음이자 마지막 요리를 해주겠다고 내가 말했다.

네가 잠들면 어두웠어.
가로등이 산산조각 난 밤의
공원을 더듬는 개의 마음으로, 정신없이 냄새를 맡았
어. 나는 희재의 꿈에서 캐낸 푸른 감자 한 알을 깨끗이
씻었다.

잠들지 못한 날들의 새벽을
선물로 건네고
희재를 위해 준비된 자리에 희재가 앉는다.

어떤 날에는 모든 창문에 커튼을 치고 문을 잠갔어. 해
가 질 때까지 영화를 보고 술을 마셨지. 바깥으로는 한
발자국도 나가지 않았는데, 너에게는 다정한 절망을 안
겨줄 친구가 많았어.

소매를 걷은 희재가

나의 옆에서 콩을 삶는다.

　검고 반짝이는 콩의 표면을 나는 보지 않는다. 용기를,

　용기를 내. 어떤 날에는

　손을 잡고 밖으로 나갔다. 문이 닫히는 소리에

　겁을 먹지 않으려고 노력하면서. 손질을 잘못한 미역
은 뜨거운 기름 위에서도 끈적거렸다.

　우리를 위해 준비된 골목에는 눈이 내렸고.

　눈은 이미 녹아 있었어. 우리는 가장 마지막에 도착한
손님이었다. 엉망진창으로

　밟힌 눈길을 바라보면서 그럴 줄 알았다는 듯이 희재
가 웃었다.

　한 벌의 수저를 내려놓자 희재를 위한 식탁이 마련되
었다.

　이게 너를 향한 마지막 마음이라고 내가 말할 때. 축하

해. 그럴 줄 알았다는 듯이 미소 짓는 희재의 얼굴은 아
름다웠다.

그래야만 하는 사람처럼
나의 식사가 시작되었다.

원 히트 원더

마지막 행사가 진행될 예정이었다.

사람들이 울울창창 빼곡하였다.

모르는 이름이 적힌 초대장을 주머니에 넣은 채

어째서 나들이를 가는 기분으로 나섰던 것일까.

우리는 새로운 생활을 앞두고 있었다.

모든 것이 이전보다 나아질 예정이었다.

철문이 열리고 우리를 초대한 사람이 모습을 드러냈
다. 우리는 행렬을 맞추어 안내되었다.

저 사람을 아느냐고,

우리 중 누군가가 누군가에게 물어보았다.

여기에 모인 모두가

그를 사랑했던 적이 있는데.

무릎을 꿇고 울음을 터뜨린 적이 있는데.

그의 이름을 기억하는 이가 없었으므로,

고요한 행진이 영원히 계속되었다.

도대체 어디서부터 잘못된 거지?

우리 중 누군가 중얼거렸다.

잘못된 것은 없었으므로,

나는 잘못한 것에 대해서 생각했다.

그러는 동안

날이 저물고

계절이 바뀌었다.

사람들은 서둘러 새로운 생활을 시작했다.

그러나 이 모든 일을

잊어버린 뒤에도

때때로 나를 복수複數로 칭하는 버릇은

사라지지 않았다.

나와 마주 앉아서 사람들은 종종

내 어깨 너머를 보곤 했다.

모자의 일

너무 가볍거나
너무 무겁거나

모자 속에 무언가를 넣고 너는 걷는다. 충분히 생을 반복하지 못한 어린 영혼으로서, 나는 네가 모자 속에 무엇을 넣고 다니는지 궁금해한다. 짐이거나 한낱 밈이거나 보잘것없는 신이거나.

네 뒤통수인 줄 알았는데 함석지붕이어서.
손목인 줄 알았던 것이 녹물이 줄줄 흐르는 철봉이어서.
입술인 줄 알았던 것이 줄기가 푹푹 들어가는 녹색
스펀지여서. 삶이 절실해질 때 내가 미웠어.

그것은 모자의 사정

이전 생에서 왜 나를 사랑하지 않았어?
나는 무거워지기로 한다.
그건 이번에도 마찬가지야.

너는 충분히 가벼워지기로 한다. 중요하지 않은 사실을 정정하려 한다.

주머니에 손을 넣으면
움켜쥐게 돼.

충분히 곤두설 것.
쉽게 우그러질 것.

불행하자. 우리가 충분히 자랑스러워질
딱 그만큼만.

그것이 모자의 일.

세카이계 만화

다행이야, 정말.

네가 아니라 나라서.

온몸이 박살 난 채 나와 동갑인 여자애는 웃고 있다. 내장과 뼈를 질질 흘리며 그 애는 세계를 위한 싸움을 이어나간다. 저 여자애는 세계로부터 무엇도 받지 못했다.

전부 내 잘못이야. 그 애에게 힘을 준 것은 내 잘못이야. 나는 몰랐어. 이럴 줄 몰랐어…… 여자애의 아버지는 여자애의 이름을 부르며 마구 울어젖힌다. 모르는 사람들이 잘못한 사람을 껴안고 있다. 모두가 나와 동갑인 여자애를 쳐다보았고

이렇게 많은 장면이 지나가는 동안에도

여자애의 내장은 쏟아지고 있다. 초능력을 쓸 줄 아는 손들이 움직이고 있다.

다치지 마. 이제 제발 너를 위해서 살아. 만화책 속의 여자애에게 들려주려고 나는 고함을 지른다. 죄 없는 사람들이 다치는 모습이 더 많은 사람들을 울리고 있다. 너

를 위해서라면

　무엇이든 할 수 있다고 말하려 했고

　으으응······　으으응······

　보일러실에서 들려오는 소리가 그러지 말라고 나를
달랬다.

언더독

이 세계를 네가 구했어.

나를 사랑하는 이들이 나의 얼굴을 어루만지며 중얼거린다. 폐허가 된 도시에 둘러싸여서, 꿈속의 나는 아름다웠다. 나의 아름다움이 나의 의지와 무관하였다.

눈을 빼앗길 만한 장면이어서 나는 이 세계와 어울리는 음악을 마련하였다.

화관花棺 속에 두 손을 가슴에 모은 내가 누워 있었고, 살아남은 모든 이들의 행렬로 거리가 잠시 가득 찼다.

나는 어떻게 이 세계를 구했나. 나의 궁금증이 이 세계와 무관하였다.

연인이 내게 입을 맞추며 엄숙하게 사랑을 맹세하였고,

잠들었던 관객이 영화의 결말을 보며 고개를 끄덕이듯이, 나는 영문 모를 격정에 휩싸였다.

그 자리에 있어야 하는 건 네가 아니야. 내가 꿈속의 나를 향해 소리치자

나를 사랑하는 이들이 일제히 나를 노려보았다.

나는 행렬 속으로 뛰어들었다. 나의 격정이 나와 무관하였고, 화관에 누운 내가 나를 보며 웃고 있었다.

비로소 이 꿈의 구성 방식을 알 것 같았고,

나는 이 세계에 두고 나가야 할 것에 대해 생각해야 했다.

테라포밍

각성하십시오.

　힘이 센 사람이 거대한 바위를 던졌습니다. *각성하십시오.* 바위가 산산이 조각난 바위인 채로 존재합니다. *각성하십시오.* 오늘 치의 나를 냉동실에서 꺼내 해동합니다. *각성하십시오.* 소분된 마음을 턱 밑으로 질질 흘리며. *각성하십시오.* 거울 앞에서 양치를 합니다. *각성하십시오.* 힘이 세지만 굼뜬 사람이 아직 창밖의 세계를 완성하지 못했습니다. *각성하십시오.* 나를 위한 세계를 마저 그릴 수 있도록 산책로에서의 걸음을 늦추면. *각성하십시오.* 한 걸음 앞의 세계가 펼쳐집니다. *각성하십시오.* 이 길에는 잡을 수 있는 손이 너무 많아서, 나는 예쁜꼬마선충처럼 부끄러워요. *각성하십시오.* 간절한 사람이 나를 깨우려고 자꾸만 어깨를 흔드는데, *각성하십시오.* 내게 뻗어진 손을 잡으면 나는 무한히 늘어납니다. *각성하십시오.* 울면서 나를 흔드는 사람을 뿌리칩니다. *각성하십시오.* 꿈의 바깥에서, 마음은 왜 자웅동체가 아닙니까?

ZERO

하나의 문이 등 뒤에 놓여 있다.

희재   *마지막 밤이야.*

당신은 선택받았습니다. 작은 아가리를 가진 식탐 많은 7와트 전구로부터. 나방과 딱정벌레의 무덤으로부터. 세계의 명운은 당신에게 달렸으니 눈을 감고 곤두박질하시길 바랍니다. 눈을 뜨면……

희재   *세계로부터 그런 편지를 받았으니까.*

겨울, 야외 캠핑장의 접이식 의자에 앉아 희재가 말한다. 희재를 위해 떠나온 여행이었다. 월동 준비를 마치지 못한 곤충들이 불 속으로 뛰어들고 있다. 스스로 마지막 퍼즐의 조각이 되기 위해서.

화로 속의 불길이 장작에게 손을 뻗듯이, 나는 희재의 손을 힘주어 잡는다. 내가 돌본 희재의 마음들은 재빨리 자라서 나이 먹은 자식들처럼 떠난다. 그러나 축하한다

고 말할 수는 없는 노릇이라서

　　희재　　　*해봐. 말해봐. 말 좀 해봐. 말을 좀 해*
봐. **나한테 뭐라고 말을 좀 해봐**

　불이야. 나는 먼 산을 가리키며 말했던 것인데, 불붙은
산이 거기에 있었다. 희재가 불길보다 더 환한 연기에 눈
을 빼앗긴 동안

　희재를 향해 열린 문 속으로 내가 뛰어들었다.

　　희재　　　**열어**. *문 열어. 문 좀 열어. 문 좀 열어*
봐. 제발 문 좀 열어봐……

　바깥에서 문고리를 붙잡은 사람이 문을 두드리는 동
안 문 안쪽의 내가 문을 잠그고 영원히 서 있다.

　사랑하는 사람의 방이었다.

끝나도 끝나지 않는

사흘 전 신에게 한 통의 연락을 받았습니다. 안식년이 필요하다고요. 자신이 자리를 비우는 동안, 한 일 년만 대신 해볼 생각이 없냐고요.

끝나도 끝나지 않는 산책에서 돌아온 참이었어요. 헐벗은 활엽수들이 가지를 잔뜩 곤두세운 길이었는데. 믿을 수 없이 빠른 속도로 구름이 흐르더군요.

구름 때문에 멀미가 날 지경이로군. 그렇게 생각하며 계속 걸었고, 멀지 않은 곳에서 발전소 굴뚝이 보였어요. 믿을 수 없이 새하얀 연기가 끊임없이 흘러나왔고

양을 세다 양을 잃은 목동처럼 부끄러워서

입김을 불어 언 손을 녹입니다.

애벌레 고치 하나가 가지에 매달려 월동 중이고 어쩐지, 그럴 것 같았어요.

생각은 수다스럽기 그지없어서, 시간이 가고요. 고치
속 애벌레에게 봄이 오는 고통…… 안부 문자의 내용이
자꾸 줄어듭니다.

　원래 거절할 생각은 없었는데요.

　미안하다고,
　답장을 보내고 말았습니다.

러브 딜리버리

지난번 삶에서 당신은 분명 나를 사랑했고, 그것은 틀림없는 사실이다. 두 사람을 감쌌던 한때의 진녹색 우단 이불이 그것을 증명할 것이다. 이불 속에서 벌어진 수많은 대화의 목격자가 되어줄 것이다.

나의 말이 빚어낸 희고 동그란 알들이 당신의 품속에서 노랗고 보송보송한 마음으로 부화하는 장면들은 정말로 실존했고

이런 삶을 상상해보자. 그렇게 말하면
어느새 선물처럼 도착해 있는 순산의 순간들을 감당할 수 없을 만큼 누리고, 또 누려왔으므로.

괜찮을 거야.

한 번쯤 빼앗긴다고 해도.

창밖으로 훌쩍 다가온 겨울은 이번 생의 내가 도무지 마음에 들지 않고, 그것은 나도 마찬가지다. 쓰다 만 편

지를 탁자 위에 내려놓고서

　주머니 손난로를 쥔다. 마주 잡은 두 손이 마치 기도하는 것 같지. 주머니 손난로는 일회용이고 이 삶도 마찬가지다.

　주머니 손난로를 흔들고, 흔들고, 다시 흔들어대며 나는 검사로 거룩하였고

　야구 배트를 쥔 사람이 창문 밖에서

　나를 기다리고 있다.

숏츠

너의 아들을 바쳐라.

고물 파는 트럭이 지나가는 오후입니다. 저 목소린 들
은 적이 있어. 반신욕 욕조에 앉아 그는 생각에 매달리고

물에 잠기는 것은 자꾸만 휘파람, 오 휘파람.

땡땡이 무늬의 잠옷 바지가 욕조 아래에서 젖어요. 전
구가 아주 잠깐 어두워졌다가 돌아왔는데 누군가 잠시
방문했다가

영영 떠났습니다.
그가 누군지 궁금한 사람이 있습니까?

너의 아들을 바쳐라.

찻잔 속의 찻물이 끝나지 않은 것처럼 원운동을 하고,
휘돌아가는 찻물에 눈을 빼앗기느라, 생각에

생각을 빼앗기느라 그는 어지러울 지경이에요.

질끈 감았던 눈을 이제 막 떴을 뿐인데

속보입니다.
벌써 이 삶이
다른 국면으로 접어들다니……

(점멸)   다시
          (점멸)

　　침대에 누워 그는 눈을 감는다. 다행이다. 빼앗긴 것이
무엇인지.
　　빼앗기고도 모를 수 있다는 것이.

　　그러나 그것은 돌려받은 것이고

　　너의 아들을 바쳐라.

"삽니다. 컴퓨터어. 라디오오…… 세탁, 기―삽니다…… 냉장고…… 텔레비전 삽니다……"그에게는 이런 노래를 부르다가

　뺨이 부풀도록 얻어맞은 과거가 있고

　이번 주 금요일 마음에 드는 여자에게 거절당할 예정이다.

Enter the World

나의 신은 육체노동에 종사하느라 바쁘다. 취업 정보 사이트의 구인 공고란에서는 파트타임으로 근무할 신을 찾고 있었다.

사무직
시급 9,620원
정규직 전환 가능

화면 속에서 누군가 개를 흉내 내는 사람의 형세로 기어다닌다. 그는 입에 문 나뭇가지를 놓지 못하고, 너무 오래 기다리느라 이가 모조리 썩어 있다.

그의 간절한 바람을 믿지 못하는 것은 아니지만

다만 그들의 불행을 둘러보는 것이 나의 일이므로.

입에 문 것을 사랑하는 이의 손목으로 되돌려놓을 수는 없는 일이다.

종종 과도한 업무로 주의력을 잃으면 화면 너머의 사
람들과

눈을 마주친다.

바지를 벗고 반신욕하는 사람의 영상을 나는 재빨리
넘긴다.

가끔 나를 마주치기도 한다.

무해한 놀이

좋은 곳에서
나를 기다리는 사람을 만나러 가야 하는데.

나는 너의 목에 목줄을 걸어 개처럼 끌고 다닌다. 개의 형상을 한 너의 등에 올라타 채찍을 휘두른다. 이럇, 이랴럇, 박차를 가할 때마다 너는 새의 형상으로 무너진다.

네가 얼마나 잘 참는지 시험하려고, 나는 너의 등 위에 쌓아 올린다, 고함과 폭력이 지나간 광장의 소란스러움과 철창에 갇힌 네발짐승들의 섭생을, 죽으리라 결심했다가 잠에서 깨어 어리둥절해질 산책자의 밤의 오랜 배회를. 침을 질질 흘리며 네가 민달팽이처럼 꿈틀거릴 때,

너의 등에서 내려오는 것이다. 내가 얼마나 가벼워졌는지 보려고.

등 뒤에 선 사람이 있다. 그는 자신의 차례를 기다리는 중이다. 나를 무릎 꿇리고 나에게 목줄을 걸어주려고. 나의 어깨 위에 올라타 인내심을 시험하려고.

내가 무릎을 꿇고 바닥에 두 손을 짚을 때, 너는 단정한 얼굴을 되찾고 두 발로 선다. 기다려. 네가 말하는 동안 나는 움직이지 않고

시작하라고
네가 말하자 등 뒤에 선 사람이 내게 다가온다.

좋은 곳에서 나를 기다리는 사람을
만나러 가야 하는데.

기다려.
네가 말한다.

아무리 가지고 놀아도 나는 아직 많이 남아 있다.

매일 변화하는 행동생물학

풀밭에는 가지 않는다.

과수원에는 방문하지 않는다.

미국선녀벌레에게는 내가 필요할 것 같지 않다.

차는 마시지 않는다.

태어날 것 같다.

절임 음식은 먹지 않는다.

걸을 땐 오른 다리부터 내밀지 않는다.
넘어진 사람이 나를 날카롭게 응시한다.

식사할 때는 말하지 않는다.
말하지 않아야 하는 이유는 말하지 않는다.

모르는 동식물의 이름은 부르지 않는다.

월운스님의 다비식茶毘式 영상을 돌려본다. 어두운 방
에서 떠나지 말아야 할 것이 떠나는 동안

　허리를 굽히지 않는다.

　나가지 않는다.

　눈을 깜박이지 않는다.
　깜박인다면 3초를 세고 뜬다.

　누울 때는 눈을 감는다.

　무언가 입을 넘어설 것 같다.

Chicken or Beef?

앞 좌석에 무릎을 맞대고 앉아

슬픔은 순항 중이다.

마침내 희재를 위한 세계를

완성하였다.

어둠 속에 늙은 들개 무리를 숨겨둔 공원을 서성이며, 나의 마음은 자주 실금失禁하였다. 바닥을 핥으며 내 뒤를 따르던 개가 앓는 소리를 냈다.

너는 절름발이가 될 거야. 나는 개의 머리를 두어 번 쓰다듬는다. 침을 질질 흘리렴. 이빨을 드러내고 흰자위가 붉게 물들 때까지 으르렁거리렴.

내가 너무 오래 걸어서 머지않아 길은 시들 것이다. 박명 속에서 희재는 올 예정이었다. 정신노동에 종사하느라 피로한 신의 얼굴을 하고, 내가 서성인 길을 따라 걸어올 것이다.

나는 잠에 취한 신의 손을 잡고
인도할 것이다.

무릎을 굽혀 희재의 운동화를 벗기고 씻지 않은 몸을

침대에 눕힐 것이다. 축축한 이불을 뒤집어쓰고 누워 있는 희재의 배를 토닥이며 이야기를 들려줄 것이다.

바다를 표류하는 두 사람을 롱 테이크로 잡고 있는 어떤 영화에 대해. 육지를 찾아 헤엄치는 사람에 대해. 헤엄치는 사람의 모습이 먼 점이 되어 사라질 때까지, 눈을 감은 채 뗏목 위에 누워 있던 사람에 대하여.

그 영화의 주인공이 누구야?
웅얼거리는 목소리로 희재는 물어볼 것이다. 그런 영화가 어디에 있겠어. 내가 말하면 희재는 투덜댈 것이다.

헤엄치던 사람의 팔다리는 서서히 느려질 것이다. 눈을 감은 사람이 작열하는 햇빛 속에서 붉은 얼굴로 식은땀을 흘리는 동안 육지는 어디에서도 보이지 않을 것이다.

나는 밖으로 나갈 것이다.

잠시 후 누군가 깨어날 것이다. 깨어난 사람의 눈이 깜

빡일 때마다 카메라 속의 풍경이 함께 명멸할 것이다. 어둑한 천장이 서서히 밝아질 것이다.

그러니까 어서 눈을 감아.

침 흘리기를 멈추지 못하는 파수꾼이 문 앞에 엎드려 있다. 나는 개의 머리를 두어 번 쓰다듬으려다 말고, 34평방미터의 세계를 잠근다.

그 속에서 희재는 내내 안전할 것이다.

하늘과
　　　　　땅
사이에
　　　　뭐가 있더라?

　인부는 먼저 공사를 진행 중이다. 푸른 초원 위에 붉은 벽돌로 이루어진 집을 짓는 것은 나의 오래된 소망이었다. 벽돌로만 집을 짓는 것은 매우 위험하지만, 나를 위해 기꺼이 해주겠다고. 인부는 내가 가진 것을 아주 조금만 받겠다고 말해주었다. 땀을 흘리며 줄눈을 바르는 인부의 목덜미가 아름답고, 부지런히 구름을 캐내는 희고 푸른 하늘이 아름답고, 이 모든 아름다움은 오후에 상장했다가 저녁이 되면 폐지될 예정이다. 아름답다는 말을 그만두어야 한다고 생각하면서. 그만두어야 한다는 생각을, 생각을 그만두는 마음 한편에 앉혀두고서. 기다려. 얌전한 개가 된 생각에게 명령한다. 지급 대금을 공란으로 남겨둔 인부의 의도에 대해 생각해야 한다. 어쩌면 그는 내게 첫눈에 반했는지도 모른다. 하늘로 가지를 뻗은 나무가 땅을 그러쥐듯이, 한쪽 무릎을 푸른 초원에 단단히 뿌리박은 채, 내게 구애해올지도 모른다. 인부는 어느새 절반 이상의 공사를 완성했고, 나의 붉은 벽돌집이 윤곽을 드러내고 있다. 초원에서 자란 것들은 나의 아름다

운 초원,이라고 쉽게 말한다. 그러나 어항 속 열대어의
마음을 가진 채. 나는 지불에 대해 생각해야 했다. 어쩌
면 인부는 내가 지불할 수 없는 것을 대금란에 적을지도
모른다. 붉은 벽돌집이 너무나도 마음에 든 나머지, 내
것을 송두리째 빼앗고 오래오래 행복하게 살아갈지도.
인부는 나를 자신의 앞으로 데려간다. 당신의 집이 완성
되었습니다. 기다리세요. 그는 계약서의 공란에 적었다.
집은 내가 앉기에 좋았으며, 웅크려 누울 수 있을 만큼
안락했다. 이제 나를 사랑하는 사람을 기다리면 되겠다.
그렇지?

포장도로

나는 지옥에 있다.

휴대용 마작 세트를 들고

15년 전에 죽은 동창이 들어와

내 앞에 앉는다.

적당히 놀란 사람처럼 우리는

당신이 이런 곳에 올 줄은 몰랐다는 듯이

당신이 이런 곳에 올 줄은 몰랐다는 듯이

당신이 이런 곳에 올 줄은 몰랐다는 듯이

눈썹을 치켜올리고

마주 앉아 있다.

오래전에 날려버린 종이비행기가

순탄하게 오는 중이다.

화반석 정원

내 꿈이니까 모두 들어오지 마.

하루도 지나지 않았는데. 주머니 속에서 꺼내놓은 돌들이 팻말 아래 가득하지. 긍휼과 평강과 사랑이 가득하기를.

진심으로 바라기라도 하는 것처럼

면회 시간은 엄격히 정해져 있어. 기다려야 해. 하지만, 내 꿈의 규칙을 정한 것은 누구야? 내가 고함을 질러서 무화과 열매가 짓무른다.

부르지도 않은 존재들이 나와 함께 두 손을 마주 잡고 정원의 연약함을 견디고 있어. 내가 기다리는 건 대체 누구야? 들어오지 말라는 팻말을 세워두고

손바닥의 굳은살을 떼어내느라
반쯤 미쳐버린 사람처럼

나무들이 스스로를 흔들도록 내버려둔 것은 누구지?
내가 고개를 돌릴 때마다, 하늘의 뺨이 붉게 부어오른다.

의지의 바깥에서
나를 위해 기꺼이 다치는 이 모든 것들은

누구야?

당신에게는 기다리는 사람이 있어. 내가 모르는 것을
알려주려고 우물의 그림자가 자꾸만 길어지는데.

도대체 왜 이제 왔어.

아무도 도착하지 않은 장소에 앉아
내가 참아야 하는 말을 참지 못해서

누군가 세차게 문을 닫았다.

규칙은 정원과 무관하게 규칙이니까. 자, 착하지?

그렇게 말하는 사람은 누구야?

이길 수가 없잖아.

스카이다이빙

너는 네가 맡은 역할과 배역을 충실히 이행한다.
나는 하나의 규칙에 몰두하고 있다.

낙하산이 든 가방을 메고 우리는 심하게 흔들린다.
불투명한 안경 너머의 하늘이 꾸준히 어둡다.

악역 없는 사건을 상상하는 게 점점 어려워지고 있다.
젊은 아버지가 돌아가신 날이었다. 제단 위에 손이 닿지 않아서 어린애가 울고 있었고, 할머니가 어린애의 손등을 내리치고 또 내리치는 장면이었다. 어린애의 엄마가 제단 위의 약과를 쥐여주고 쿵쿵 발을 구른다.

이러한 장면은 일종의 게임인 것이고

그 장면에서 악역이 누군데? 일부러 고개를 기울이며 네가 물었다.
이렇게 무겁고 거대한 것이 하늘을 날다니. 나는 흔들리는 철골 구조물로 시선을 돌린다.

이해할 수 없는 일들도 시간이 지나면 믿어진다. 이런 말들을 너는 듣지도 못하지.

높은 곳에 올라가면 풍경에 바라는 게 많아져.
우리는 함께 기다린다. 눈 덮인 화산이 폭발하거나, 큰 산이 우르르 무너지기를

이 장면의 악역을 알 것 같다고 뛰어내리기 전에 네가 말한다.

네가 웃어서 기내에 웃음의 잔상이 남아버렸고

나를 내려보내기 위해
모르는 사람이 나를 끌어안았다.

여섯번째 날

모두 엎드려.

너는

그냥 사람
나쁜 사람
남을 고칠 사람
나쁜 사람을 잡을 사람
귀신을 보는 이상한 사람

이제 밤이 올 거야.

밤이 되면 누군가 일어나 서로를 확인할 거야.

몇 번의 눈짓과 손가락으로

죽일 사람을 결정할 거야.

웃지 마.

이거 게임 아니고 진짜야.

웃는 사람부터 죽일 거야.

자 이제 시작해.

[밤이 되었습니다.]

나쁜 사람들만 일어나야 해.

다른 사람들은 절대로 고개를 들면 안 된다는

신의 지엄한 말씀이 있었음에도

둥글게 모여 앉은 모두의 눈이

맞은편 사람을 향하고 있다.

그래도 끝나지 않을 거야.

그러니까

너
너
너

다시 엎드려.

믿음을 키우는 방법

그는 정원에서 검고 물렁한 돌 하나를 줍는다. 신이시여. 그만 좀 불러라. 신은 노란 튤립의 모가지를 바닥에 처박는다. 그는 이렇게 말하기로 했다. 돌이시여.

돌은 저택의 가장 끝 방에 놓였으며, 자주 그를 불러들였다. 문을 열고 나올 때마다 저택의 하인들이 그에게 묻는다. 누구십니까?

저택의 주인이며, 스스로의 구원자이자 희생자로서……

손가락으로 쥐던 것을 양팔을 벌려 받들게 됐다면 앞으로의 일은 누가 알 것인가. 자신을 충분히 바칠 수 없는 사람은 타인을 담보 삼아 믿음을 키운다.

초대받은 사람들에게 그는 말한다. 다른 모든 방은 열어도 되지만, 절대로 저 방의 문을 열어서는 안 돼. 그 뒤의 일들은 손쉽게 이루어진다.

돌을 올려다보며 그는 묻는다. 진실로, 당신이 내게로

더 많이 헌신하셨습니까. 그는 너무 작아서 주머니에 들어갈 것 같다.

그가 사라지고

그 미친놈이 거머리를 키웠어.
살아남은 하인이 폭로한다.

거머리시여.
사람들이 피크닉 바구니를 들고 저택에 몰려든다. 뭐야, 아무것도 없잖아.

어린애가 신발 밑창을 들여다보다가 문턱에 벅벅 긁고 있다. 검고 붉은 얼룩을 보며 진저리를 치며 부르짖는다.

오, 신이시여.

그러나 아무 일도 일어나지 않았다.

플로럴 폼

내가 너를 데리고 도망쳐서
나의 젊은 부모가 죽어버렸나.

돌아오는 길에 보았니.

자전거를 타고 강물에 뛰어드는 계집아이를,
양갈래 머리에서 물을 뚝뚝 떨어뜨리며 걸어 나오는,
이런, 저 아이는 너무 많이 죽는구나. 쉬이―, 쉬이―,
착하지? 너는 좀처럼 울지 않는 아이였단다.

나는 눈물을 흘리며 발버둥을 치는 너를 달랜다. 현관
에 매달린 우유 주머니를 뒤적인다.

다행이다, 부모가 없어서
집이 좁진 않구나.

너는 울음을 그치지 않고, 나는 너를 집 안에 내려놓지
않는다, 너를 안고서 방문을 열었다 닫는다. 서랍의 손잡
이를 쥐었다 놓는다. 세면대 밑의 대야에 물을 받았다,

하수구에 쏟아버린다.

어, 어으, 음ㅁㅏ, 흐르는 물을 향해 손을 뻗으며 네가
말한다. 너를 놓치고 내 손은 나의 엉덩이를 향해 손을
뻗는 것이다.

나는 우유 주머니에 열쇠를 집어넣고 나가고 싶다. 젖
은 머리 계집아이의 자전거를 빼앗아 타고……

닫힌 방문 앞으로 기어가 네가 말했고

모두 *제자리*. 모두 *제자리*. 모두모두 *제자리*──. 옆집
에서 카세트테이프 소리가 흘러나온다.

누구의 명령인지도 모르면서
나는 순순히 방문을 열어야 하는데

지니야, 넷플릭스 틀어줘.
늙은 부모의 목소리가 방문 너머로 들려왔다.

해변에서의 일

소나무숲이 있는 해변을 두 사람이 걷고 있었다. 종유석으로 굳은 파도가 눈부신 해변이었고. 이토록 아름다운 장소에 우리가 함께 있다니.

이제 어려운 글도 읽을 줄 알아. 미립자, 뭐 그런 거. 전에는 죽었다 깨어나도 몰랐을 것들. 취향, 뭐 그런 거. 이제 언니라고 불러. 지금은 내가 언니보다 나이가 많잖아.

노래하는 것처럼 말하는 버릇이 여전히 그대로라고, 함께 있는 사람이 말을 건넨다.

다른 이야기를 하자. 함께 있는 사람은 옛날과 같은 얼굴로 웃고 있다. 더는 아무런 말도 하지 않는다.

그런 말들은 함부로 난입하거든. 끓어오르는 냄비 앞에서, 선잠에서 깨어난 어두운 침대 위에서. 옳지 않아. 옳지 않다고. 생각하면서 끝없이 중얼거려. 끔찍한 메들리처럼.

누구나 너의 목소리를 빌릴 수 있어서, 너의 목소리를
빌린 사람이 누구인지 알 수 없었고,

나는 하는 수 없이

아름다운 풍경 속으로 미립자보다 작은 돌 하나를 던
져 넣었다. 산산이 조각난 거울 속에서 아직 떠나지 못한
한 사람이 보였다.

말씀과 삶

구름 때문에 질식할 것 같아요.

막 태어난 우리의 몸을 누군가 위에서 아래에서 마구
잡아당겨서

주르륵주르륵 흘러내릴 것 같아요.

강보에 둘러싸여서 우리는 선한 사람에게로 인도됩니다.

막 태어난 우리의 몸과 마음을 구해주려고

온 세계를 돌며 눈물을 흘린 사람이 우리의 앞에 섭니다.

선한 사람이 우리의 뺨을 두드립니다, 너희들은 한밤
의 유리창에 맺힌 빗줄기야. 활공하는 새 떼의 배설물이
야. 하수구로 떠밀려 가는 올챙이들이야. 막 태어난 아이
들이야. 선한 사람은 눈물을 흘리며 말하지만

강보에 둘러싸여서 우리는 분주합니다. 흘러내리지 않

으려고 떠오르지 않으려고 태어나지 않으려고 그러나 살아남아야 한다. 살아남아야 한다……

말씀과 상관없는 삶이 시작됩니다.

탐독

따뜻한 빵을 손에 쥔 사람들이 영원히 배고프지 않은 세계입니다. 한 송이 백합을 꺾은 것은 나인데. 모든 이들이 뒤돌아보는 정원입니다. 오늘은 벽장 속에서 울고 있는 사람을 꺼내 젖은 몸을 닦아주었습니다. 울음을 그친 사람은 나의 정원에 썩 잘 어울려요. 사랑하는 사람이 너무 많아서, 나는 자꾸만 잊어버리고, 얼굴을 잃어도 마음이 계속됩니다. 이것은 지속 가능한 사랑이에요…… 그런 말을 중얼거리다가 책을 펼치면, 페이지 속의 모든 단어가 바뀌어 있어요. 너를 주고 이 세계를 샀습니다.

묵시록의 성찬

박판식
(시인)

1. 멸망한 세계에서 현대시가 살아남는 법

노스럽 프라이는 일찍이 그의 「원형비평: 신화의 이론」 파트에서 "문학의 구조 원리도 원형적·신비적 비평으로부터 유래되지 않으면 안 된다. 이러한 비평방법들만이 보다 큰 문학 전체의 맥락을 찾아주기 때문이다. [……] 이야기의 양식들이 신화적인 것에서 하위모방과 아이러니로 옮겨지면 그들은 극단적인 '사실주의', 즉 인생을 있는 그대로 재현하는 지점에 이르게 된다. 그러므로 신화양식, 즉 신에 관한 이야기(이 이야기 속에서 작중인물들은 최대의 행동 능력을 갖고 있다)는 모든 문학의 양식 중에서 가장 추상적이고 관습적인 것이 된다"*라고 말한 바가 있다.

이 시집은 웹 소설로 유명한『전지적 독자 시점』안의 액자소설 '멸망한 세계에서 살아남는 세 가지 방법'을 빌려 와 제목을 정했다. 이미 무협지나 만화, 광고, 게임이 현대시의 흔한 패러디 대상이 된 마당에 대중 판타지소설의 내용이나 형식을 시에다 차용하는 것이 뭐 그리 놀라운 문학적 사건이냐고 묻는 이도 있겠다. 그런데 '멸망한 세계에서 살아남는 세 가지 방법'을 완독한 독자만이 멸망한 세계에서 살아남을 수 있을 뿐만 아니라 멸망으로부터 세계를 구할 수 있는 유일한 존재라는 이 판타지가 허구적인 삽화들이지만 논리적인 플롯으로 구성되어 나름대로의 개연성을 갖고 있으며 그 덕분에 나름대로의 추상적인 문학성을 획득했다면 어떤가. 이 시집의 화자가 대중을 상대로 하는 이 판타지소설의 현실을 신화, 즉 노스럽 프라이가 말한 추상적인 허구적 구상이자 순수한 문학적인 세계로 받아들이고 있다는 측면에서, 전통적인 순수문학 전공자들에게 이 시집은 상당히 도전적인 작품으로 인식될 수 있다.

묵시록의 묵시默示는 본래, 초기 크리스트교에서 신이 선택된 예언자에게 주었다는 비밀의 폭로를 뜻한다. 그리고 서구에서는 고대문학에서부터 현대문학에 이르기

* 『비평의 해부』,임철규 옮김, 한길사, 2000, pp. 266~67. 이후 이 책의 인용은 본문에 쪽수만 밝힌다.

까지 지속적으로 등장하는 주요 서사이자 주제 중 하나이다. 성서의「요한계시록」을 중심으로 인간의 이성과 환상 또는 선과 악의 대립, 유토피아와 디스토피아의 긴장 관계 속에서 다양한 문학적 판타지로 변주되어왔다.

묵시록은 전쟁이나 대량 학살, 자연재해와 전염병에 무력하게 노출된 인류사적인 거대 담론과 개인적인 종말(죽음)에 관련한 유한성과 덧없음에 대응하는 유력하고 손쉬운 해답이며 전략이었다. 따라서 21세기의 사회적 재난이나 자연적 재난 혹은 개인적인 재난에도 묵시록은 여전히 유효하며 인간이 자신의 유한성을 직시하고 무한성에 호기심을 두는 한 영원히 반복될 수밖에 없는 근원적인 철학이자 종교적 주제이기도 하다.

「요한계시록」이나 고대의 시가, 중세의 단테의『신곡』이 통용되던, 신이 절대적인 존재였던 시기부터 윌리엄 블레이크의 환상시나 예이츠의『비전』, 엘리엇의『황무지』를 따라가면서 획득했던 묵시록적이고 신화적 비전을 현대시가 잃어버린 이유는 뭘까?

앞서 노스럽 프라이가 적시하고 있듯이 가장 추상적이고 관습적인 방식으로 현대의 시는 제작되고 있으며 그 주제나 내용은 신화적인 것에서 하위 모방과 아이러니로 옮겨진 상태다. 그것은 마치 현대미술의 추상화와 상업주의가 현대시에 있어서도 유사한 양상으로 전개되고 있는 셈이다. 그런데 그 틈새를 뚫고 현대의 신화(판타지)가 현대시의 전경에 등장하고 있다.

변혜지의 이 첫 시집도 기존의 시 독자들을 주춤거리면서 물러나게 만드는 낯선 신화의 세계를 우리에게 펼쳐 보이고 있다. 그러나 한편으로 자세히 그 구상들을 들여다보면 상당히 익숙한 서정과 감각 들이 놓여 있다는 사실도 새삼 확인할 수 있다.

2. 가상 세계의 성찬

노스럽 프라이의 원형적인 비유의 원리에 따르면 어떤 "개개의 범주는 구체적인 보편성으로서, 다른 것들과 또한 그 안에 있는 개개의 존재와 동일한 것이 되고 있다. 그러므로 **신성한** 세계도, **인간적인** 세계도 다 같이 양의 우리, 도시 그리고 정원과 동일한 것이며, 각각의 사회적·개인적인 면 또한 동일하다"(p. 279). 예를 들면 "'그리스도'라는 개념이 이 모든 범주들을 동일한 것으로 결합시킨다. 그리스도는 한 분의 신일 뿐만 아니라 한 사람의 인간이며, 신의 어린 양이며, 생명의 나무 또는 포도(그 가지가 우리들이다)이며 건축자들이 버린 돌이며, 그의 부활한 육체와 동일시되는 다시 세워진 사원이다"(p. 280).

이 신화적이고 종교적인 시적 비유는 현대의 시인에

게도 강력한 영향력을 행사하고 있다. 그리스도가 하나의 인간일 수 있다면 하나의 인간도 그리스도가 될 수 있다는 전도된 환상도 그렇게 이상하지만은 않다. 정통 기독교인이라면 신성모독으로 받아들일 이야기도 판타지는 아무렇지 않게 전개해나간다.

그중에서도 성서의 빵이나 포도주가 그리스도의 육신과 피로, 또 희생 제의의 어린양으로, 더 근원적으로는 생명의 나무나 과실로 전위되어도 그 상징과 비유에 아무런 문제가 없듯이 현대의 판타지는 현세의 하찮고 덧없는 시련을 겪는 한 소시민이 자신도 몰랐는데 알고 보니 신이었다고 해도 전혀 문제 될 것이 없다.

21세기의 인간에게 닥친 현실적인 재앙은 신의 부재나 인생의 의미나 가치에 관한 덧없음이나 유한성에 관한 것이 아니다. 21세기 자본주의 시장에서 사고파는 상품으로 위장된 수많은 물신의 판타지는 이제 가상의 현실에서 인간에게 현실 세계에서는 가질 수 없던 그것을 가질 수 있게 한다. 미디어나 디지털로 구현되는 가상 세계에서 인간은 신이 될 수도 있고 악마가 될 수도 있고 영웅이나 악한이 될 수도 있으며, 얼마든지 괴물이나 사물이 될 수도 있다. 가상 세계에서 인간은 얼마든지 생산하고 파괴하고 업데이트하거나 초기화할 수 있는 하나의 상품으로서 소비된다.

하지만 문제는 이 가상 세계에서 존재하던 내가 실제

의 세계로 나올 수밖에 없는 순간에 발생한다. 인간의 시공간 감각은 마비되고 정체성의 혼란에 현기증을 느낀다. 가상 세계와 현실 세계가 간섭하고 영향을 미치기 시작하면서 무엇이 진짜인지 또 실재가 무엇인지에 관해 심각한 의문을 품게 된다.

현대인은 이 이상한 복합 세계의 주인공이자 당연히 창작자인 동시에 상품을 소비하는 관객이며 독자의 역할도 해내야 한다. 이곳에서는 주인공이 되어 바쁘게 세계를 종말에서 구해야 하고 저곳에서는 악한이 되어 세계를 파괴해야 하고 또 다른 곳에서는 하찮은 엑스트라가 되어야 하고 다른 곳에서는 느긋한 구경꾼이나 관객 같은 방관자가 되기도 한다.

21세기 묵시록은 큰 마켓과 시장을 넘어 철도와 도로를 넘어 자동차와 개개인의 방으로 침투한 상품이다. 우리 생활 곳곳에 파고들어와 우리의 몸과 뇌에서 작동한다. 시인은 이제 장사꾼인 동시에 성스러운 예언자이고 성도착자이면서 온몸이 불타는 새다. 현대인이라면 이제 누구라도 신화적 존재인 신도 될 수 있고 황금이나 돌덩어리가 될 수도 있다. 또 이 세계에서는 누구라도 한 권쯤의 신비한 계시록은 가지고 있는 법이다.

3. 사랑의 언더독

'멸망한 세계에서 살아남는 세 가지 방법'을 그 안에 담고 있는 웹 소설 『전지적 독자 시점』은 2018년 1월 6일에서 2020년 2월 2일까지 네이버에 연재된 무려 551화에 달하는 장편 판타지소설이다. 판타지소설 속의 '멸망한 세계에서 살아남는 세 가지 방법'의 세계가 현실이 되어버린 세상에서 그 작품을 완독한 이는 단 한 명뿐이다. 단 한 명뿐인 독자인 '김독자'라는 등장인물은 결론적으로 작가라는 것이 밝혀지고 때로는 소설의 주인공이자 화자이자 독자의 역할까지 겸하고 있다.

또한 이 웹 소설은 묵시록의 전형적인 특징들을 갖추고 있는데, 첫째는 묵시라는 뜻 그대로 인간의 지식이나 지혜를 넘어서는 비의를 예언하는 능력으로 주인공인 김독자는 신과 천사와 천국과 지옥에 관한 진실과 세계 창조의 비밀이나 세계의 끝이나 인류의 운명에 대해 예언하는 힘을 갖고 있다. 둘째는 꿈이나 환상을 통한 계시 능력으로 '멸망한 세계에서 살아남는 세 가지 방법'을 조금이라도 읽은 독자라면 부분적으로 갖고 있는 능력이다. 세번째는 계시를 가져오는 천사의 존재이다. 『전지적 독자 시점』의 외부(인간들에게서 이야기를 짜내어 파는 장사꾼인 성좌들)와 내부(소설 속 등장인물)를 이어주는 역할을 하는 도깨비들은 그것의 변형이다.

웹 소설의 마지막 문장은 이렇다. "멸망한 세계에서 살아남는 세 가지 방법이 있다. 이제 몇 개는 잊어버렸다. 그러나 한 가지는 확실하다. 그것은 지금 이 글을 읽는 당신이 살아남을 거란 사실이다." 세 가지 방법과 연결된 서로 다른 시간과 서로 다른 장소의 인물들이 각자의 방식으로 멸망한 후의 세계에서 조우한다. 사실 이 판타지소설 속으로 현실의 우리가 들어간다고 치면 미안하지만 살아남는 방법은 없다. 살아남은 자는 이미 선택받은 자들이고 그들은 우리와 같은 평범한 사람이 아니기 때문이다(이 웹 소설이 대중을 위한 판타지라는 것을 잊어서는 안 된다).

변혜지의 시는 이 시점에서부터 새로운 판타지의 세계를 모색한다. 시인이 만든 시의 세계의 시작을 알리는 소리는 새로움도 아니고 낯섦도 아니다. 그런데 그 익숙함이 이상하고 낯설다. 그것은 이미 화자가 태어나 있는 세계이기 때문이다. 심지어 화자가 충분히 살아서 고통과 불행을 경험한 세계다. 그런데도 화자인 '나'는 '작은 나'가 태어나는 것을 막을 수가 없다. 아니 오히려 태어나기를 간절히 바라고 있다. 어쩔 수 없이 이미 데어나 있는 '큰 나'는 이번 인생만큼은 달라질 수 있다는 비장한 각오와 결심을 품는 겁 없고 당돌한 주인공이다. 화자는 '작은 나'를 태어나게 해준 부모님에게 감사하고 그들이 진심으로 "내내 평안하기를. 진심으로 행복하기를”(「내가 태어나는 꿈」) 빈다.

이것이 이 이상할 것 하나 없는 이상한 세상의 시작이다. '큰 나(관객)'는 선언한다. 내가 태어나는 꿈에서 깨어나는 것이 아니라, 어서 "병원으로 가. 가서 나를 데려와"라고. 그러나 시작이 있으면 종말은 이미 있다. 시작은 항상 놀랍고 낯설다. 플라스틱 장난감과 봉제인형으로 꾸며진 오빠의 낙원도 처음에는 그랬을 것이다. 그것은 술래를 남겨놓고 간 아이들에게도 그랬을 것이다(「플라스틱 아일랜드」「불시착」). 그것은 한때는 '작은 나'였을 이 세상의 모든 아이들에게도 해당되는 것이다. "우리가 가장 빛나는 순간에 사랑하는 당신을 초대합니다.//그렇게 적힌 초대장에 나의 이름이 있었던 일에 대해. 그런 곳에 가서는 안 된다고 중얼거렸던 것에 대해" 이야기해서는 안 될 것 같은데 화자는 이 묵시록의 예언자답게 해서는 안 되는 비밀을 누설하고 만다. "끝이야. 모두 끝났어.//그런 말은/하고 싶어도 해서는 안 되는 말이었다"(「대과거」).

시집의 앞에 배치된 이 네 편의 시에 들어 있는 신화는 시집 전체에 걸쳐서 반복되고 변주된다. 변혜지가 우리에게 보여주고자 하는 것은 이미 완료된 대과거와 아주 작은 수정의 가능성이 있는 미래와의 관계. 그리고 시인에게 현재는 레고 같은 사람들이 동시적으로 꾸고 있는 엄청난 재앙이다. 이미 수없이 반복된 꿈이기 때문에 시인(독자이자 주인공이자 작가)이 예측 못 할 만한 사건은 없다. 대참사는 꿈이 자신의 긴 팔을 뻗는 것과 같아서 아무 일도 일어나지 않은 것과 거의 같다.

'나'는 가능한 쌍둥이(복제품) 중의 하나이고 쌍둥이 중 하나가 지금의 내가 없는 세상에서 살고 있다고 해도 이상할 것은 없다(「내가 되는 꿈」). 쌍둥이 자매나 형제처럼 우리는 살고 있고 누구라도 쌍둥이들의 관계처럼 타인의 인생을 흐릿하게나마 투시할 수 있다(「쌍둥이」). 이 원환론적인 세계, 즉 내가 작가이고 주인공이고 독자이고 수많은 '나'의 복제품인 세계에서 타인을 사랑한다는 것은 즉 '나'를 사랑한다는 뜻이고 이것은 나르키소스의 연못과 같은 거울 세계를 떠올리게 한다.

"주위를 둘러보아도 아무도 없었다"거나 "무릎을 꿇은 신이 그의 경건한 말씀을 듣고, 또 들어도 그의 말씀은 결코 끝나지 않았습니다"와 같은 진술에서도 그렇지만 특히 "이번에도 완벽한 엔딩에 실패했다고/신은 실망스러운 얼굴로 중얼거린다. [……] 전생에 손에 쥐었던 낙엽이 뺨을 스쳐서, 나는 자꾸만 얼굴을 긁는다. [……] 시스템을 초기화하시겠습니까?"(「누군가 또다시 손가락을 움직이고 있다」)와 같은 구절들에서 이 윤회하는 원환론적 세계관은 두드러지게 드러난다.

현실 세계에서 멸망은 판타지이지만, 가상 세계에서 멸망은 현실이다. '나'는 두 세계에서 동시에 현실과 판타지를 작동시킬 수 없다. '나'의 예지력과 능력은 신비적인 상징이나 비유가 아니라 불완전한 환유에 지나지 않기 때문이다. 이 현실 세계에서 '나'라는 존재는 '작은 지혜를 가진 혜지'이기 때문이다(「개명」).

시의 화자가 이 세계를 "멸망한 세계"라고 부르거나 반대로 "절대 멸망하지 않는 세계"라고 바꿔 불러도 그 내용은 전혀 변하지 않는다. 이 원환론적인 세계는 화자에 의하면 사랑(길항하는 미움, 분노, 증오……)에 의해서 생겨났기 때문에 사랑이라는 것이 끝나지 않는 한 멸망해도 다시 환원되거나 초기화된다. "무엇보다 소중한 것을 손바닥에 쥐고 있어. 절대로 끝나지 않을 사랑을 가지고 있어. 그런 말을 해서는 안 된다. 그러나 생각이 시작되자, 사랑하는 사람과 함께 한 켤의 내가 끝나지 않을 여행을 떠난다. […] 눈을 감고 지켜보기만 하면 되니까요. 이 고요한 파수把守의 행위는 사랑이 아니지만 사랑 같았다. 이것은 창문 안쪽에서 일어난 일이었다"(「절대 멸망하지 않는 세계에서 살아남는 법」).

이 세계라는 꿈은 계속된다. '나'는 당연히 이 꿈의 작가이고 주인공이고 독자이다. "그 애의 꿈을 바라보며 나는 울었다. […] 꿈이 계속되었다. […] 그 애를 위해서 나는 울었다. 먼 곳에서 누군가 나를 부르고 있었다. 낮게 또 낮게"(「여름에 꾼 꿈」) 일상과 거의 다르지 않은 꿈에서 '나'는 고양이의 마음도 읽어내고 한쪽 날개가 찢어진 공작새의 마음도 읽어내고 사랑하는 이의 마음도 읽어낸다. 그들은 바로 '나'이고 우리들(나들)이기 때문이다.

충분히 반복해서 산다면 중생은 결국 부처와 같은 존재가 되어 자유롭고 평화로운 존재가 될까? 하지만 '나'는 아직은 충분히 윤회하지 못한 존재다. "충분히 생을 반복하지 못한 어린 영혼으로서, 나는 네가 모자 속에 무엇을 넣고 다니는지 궁금해한다. 짐이거나 한낱 밈이거나 보잘것없는 신이거나"(「모자의 일」). 화자는 '나(동갑의 만화 속 여자애)'에게 자신을 위해서 살라고 외친다. 그리고 이 세계의 비의를 알아버린 화자는 참지 못하고 묵시의 계시를 입 밖으로 내뱉고 만다.

이 세계를 네가 구했어.

[……] 꿈속의 나는 아름다웠다. 나의 아름다움이 나의 의지와 무관하였다.

[……]

연인이 내게 입을 맞추며 엄숙하게 사랑을 맹세하였고,

잠들었던 관객이 영화의 결말을 보며 고개를 끄덕이듯

이, 나는 영문 모를 격정에 휩싸였다.

그 자리에 있어야 하는 건 네가 아니야. 내가 꿈속의 나를 향해 소리치자

나를 사랑하는 이들이 일제히 나를 노려보았다.

나는 행렬 속으로 뛰어들었다. 나의 격정이 나와 무관하였고, 화관에 누운 내가 나를 보며 웃고 있었다.

비로소 이 꿈의 구성 방식을 알 것 같았고,

나는 이 세계에 두고 나가야 할 것에 대해 생각해야 했다.
　　　　　　　　　　　　　　　　　　　　　　—「언더독」 부분

'나'는 사랑의 언더독이고 "사랑하지 않기를 선택할 수가 없"는 존재다. 전지전능한 신이 아니라 거절당하고 상처받는 사건의 반복되는 언더독, "뺨이 부풀도록 얻어맞은 과거가 있고//이번 주 금요일 마음에 드는 여자에게 거절당할 예정이다"(「숏츠」).
　사랑의 언더독은 다시 태어날 것이고, 태어날 세계를 만들거나 정할 것이고 사랑하는 사람을 기다릴 것이고 가끔은 지옥 같은 곳에서도 태어날 것이고 내 꿈에서도

태어날 것이며 그곳에서 이길 수 없는 게임 같은 사랑에 빠질 것이며 필요하다면 개처럼 엎드릴 것이다. '나'는 스스로의 구원자이자 희생자이지만 그러나 아무 일도 일어나지 않을 것이다.

이제 이 판타지 시집의 반어적 결론에 도달하였다. 그렇다면 사랑의 탐독은 누구인가? "너를 주고 이 세계를 샀습니다"와 동어반복의 문장은 아마도 "이 세계를 버리고 너를 구했어"일지도 모르겠다. 멸망이라는 재앙의 원인은 사랑이다. 그것은 예방이 불가능한 재해다. 판타지를 반복적으로 다시 씀(수정함)으로써 그것의 결과를 바꿀 수는 있을까? 시인은 그 끝을 믿는 자인가? 그래서 새로운 사랑이 가능하다는 희망을 버리지 못하는 것일까?

4. 카니발리즘과 요정의 임무

과거에 예술가의 역할은 창조주와 같았다. 다시 말해 예술가와 작품의 관계는 창조주와 피조물의 관계와 동일했다. 예술가는 자신의 작품에서 신처럼 군림했다. 작품 속의 화자(아바타)도 거의 신과 동의어로 사용되었다. 세계를 구상하고 시작하고 끝내는 것도 전적으로 예술가의 손에 달려 있었다.

당대의 포스트모던한 독자들은 더 이상 수동적이고 피동적인 독자가 아니다. 독자도 세계를 파괴하고 다른 세계를 만들 수도 있다. 신화의 세계에서 하위 모방과 아이러니의 세계로 하강한 작가들은 심지어 자기 자신의 작품을 복제하고 위조한다.

묵시적인 세계의 성찬 상징들을 패러디한 악마들은 살인과 고문과 식인과 괴물의 이미지들로 나타난다. 단테의 지옥이나 엘리엇의 황무지나 세계 곳곳의 불타는 소돔과 고모라들로 비유된다. 인간이 이런 세계를 살아낼 수 있을까? 판타지의 세계는 그것이 가능하다고 말한다. 시련을 극복하고 진정한 사랑으로 영혼이 정화되고 끝내 행복에 이를 수 있다고 주장한다.

물론 변혜지의 시집에 등장하는 화자나 인물 들이 이런 악마적 상황이나 곤경에 놓여 있는 것은 아니다. 오히려 화자가 상처 입은 순진무구한 요정에 가깝다고 느낄 때 이 시집은 아마 한 편의 로망으로 읽힐 가능성도 있을 것이다. 그것은 플라스틱과 쇠붙이에 둘러싸여 있지만 여전히 순진무구하고 타락하지 않은 채 초자연의 요정들이 사랑을 노래하는 세계로 이 시집의 세계를 읽어내는 방식일 것이다. 그렇다면 이 황량하고 도저한 세계의 내부에서 작동하는 비밀의 에너지는 낭만적인 사랑이다. 사랑의 요정은 잘 울고 노래하고 어린이다우며 불사에 가까운 존재이며 마법을 부릴 줄도 알고 아름다움을 추구한다.

그러나 엄밀히 말해 이 시집의 화자(주인공, 시인, 독자)의 편력 여행에서 왜 사랑이 실패하는지 또 그 시련이 어떠한 것인지는 은폐되어 있다. 요정은 용의 아들을 사랑하다 이루지 못한 사랑에 상처를 입은 것일까? 아니면 낮에는 두꺼비, 밤에는 미남자인 저주받은 왕자를 사랑하다 촛불을 켜는 실수를 한 것일까? 아니면 그에게 배신을 당한 것일까?

음악의 신이자 시의 신인 오르페우스의 육체가 카니발의 도취자들에 의해 갈가리 찢겨 이 세계의 구석구석에 뿌려져 있다. 그것은 그리스도의 몸과 피며, 묵시록의 성찬이고, 이 타락한 세계의 인간들의 육체다. 시집의 화자 혹은 등장인물이 금지된 장소에서 자주 발견되거나 그런 말을 무의식적으로 내뱉는 모습도 분명히 위의 환유들과 연관성이 있을 것이다. 요정은 일반적으로는 정의의 용사 편이지만 변혜지 시집의 요정은 그 원환론적인 세계관에 비추어 보자면 님프에게는 관심이 전혀 없는 오히려 나르키소스에 가까운 존재다.

판타지가 활개 치는 세상이다. 세계 도처에서 자신의 쾌락과 즐거움을 위해서 만든 공장형 판타지가 반복적이고 지속적으로 세계 종말을 선언하고 있다. 노스럽 프라이가 본 중세적 묵시록의 현장을 인용해보자. "자기가 앉아 있는 바위보다 더 나이를 먹은 **숙명의 미녀**(femme fatale), 즉 악의에 찬 이빨을 드러내고 웃는 악녀 등이 이 세계에 살고 있다.

이것은 우리를 다시 악마적인 현현의 지점까지 유도한다. 즉 창 없는 어두운 탑과 끝없는 고통의 감옥, 사막의 무서운 밤의 도시 또는 더욱 방대한 아이러니를 띤 **끝없는 여행**, 목표가 없는 편력 등의 세계로까지 우리를 다시 유도한다. [⋯⋯] 단테는 지옥의 밑바닥(이것은 구형[球形]을 이룬 지구의 중심이기도 하다)에서 사탄이 [⋯⋯] 천국에서부터 그 정반대편의 세계로 내동댕이쳐 떨어졌을 때 그대로의 모양으로 거꾸로 서 있는 것"(p. 458)을 본다. 그곳은 이제 판타지의 세계가 아니라 우리가 살고 있는 세계다.

그렇다면 이 판타지의 세계에서도 결국 인간은 잠을 자고 밥을 먹고 배설하고 사랑하고 고통도 받다가 죽어가게 될까? 판타지가 리얼리즘의 세계를 모방하려는 의도가 있는 한 그것은 당연히 그 끝을 보고야 말 것이다. 변혜지 시의 요정은 그 끝(종말)의 시작마다 선한 사람의 모습으로 변장하거나 변신하여 나타나 막 태어난 우리의 몸과 마음을 구해주려고 눈물의 세례를 해줄 것이다. 세례를 받는 줄도 모르는 채 살아남기에 급급한 불쌍한 우리는 "한밤의 유리창에 맺힌 빗줄기"이고, "활공하는 새 떼의 배설물"이고, "하수구로 떠밀려 가는 올챙이"이자 "막 태어난 아이들"(「말씀과 삶」)이다. ▨